簡玲 著

我殺了一隻長頸鹿

【總序】臺灣詩學吹鼓吹詩人叢書出版緣起

蘇紹連

「臺灣詩學季刊雜誌社」創辦於一九九二年十二月六日，這是臺灣詩壇上一個歷史性的日子，這個日子開啟了臺灣詩學時代的來臨。《臺灣詩學季刊》在前後任社長向明和李瑞騰的帶領下，經歷了兩位主編白靈、蕭蕭，至二〇〇二年改版為《臺灣詩學學刊》，由鄭慧如主編，以學術論文為主，附刊詩作。二〇〇三年六月十一日設立「吹鼓吹詩論壇」網站，從此，一個大型的詩論壇終於在臺灣誕生了。二〇〇五年九月增加《臺灣詩學・吹鼓吹詩論壇》刊物，由蘇紹連主編。《臺灣詩學》以雙刊物形態創詩壇之舉，同時出版學術面的評論詩學，及以詩創作為主的刊物。

「吹鼓吹詩論壇」網站定位為新世代新勢力的網路詩社群，並以「詩腸鼓吹，吹響詩號，鼓動詩潮」十二字為論壇主旨，典出自於唐朝・馮贄

《雲仙雜記・二、俗耳針砭，詩腸鼓吹》：「戴顒春日攜雙柑斗酒，人問何之，曰：『往聽黃鸝聲，此俗耳針砭，詩腸鼓吹，汝知之乎？』」因黃鸝之聲悅耳動聽，可以發人清思，激發詩興，詩興的激發必須砭去俗思，代以雅興。論壇的名稱「吹鼓吹」三字響亮，而且論壇主旨旗幟鮮明，立即驚動了網路詩界。

「吹鼓吹詩論壇」網站在臺灣網路執詩界牛耳是不爭的事實，詩的創作者或讀者們競相加入論壇為會員，除於論壇發表詩作、賞評回覆外，更有擔任版主者參與論壇版務的工作，一起推動論壇的輪子，繼續邁向更為寬廣的網路詩創作及交流場域。在這之中，有許多潛質優異的詩人逐漸浮現出來，他們的詩作散發耀眼的光芒，深受詩壇前輩們的矚目，諸如鯨向海、楊佳嫻、林德俊、陳思嫻、李長青、羅浩原、然靈、阿米、陳牧宏、羅毓嘉、林禹瑄……等人，都曾是「吹鼓吹詩論壇」的版主，他們現今已是能獨當一面的新世代頂尖詩人。

「吹鼓吹詩論壇」網站除了提供像是詩壇的「星光大道」或「超級偶像」發表平臺，讓許多新人展現詩藝外，還把優秀詩作集結為「年度論壇詩選」於平面媒體刊登，以此留下珍貴的網路詩歷史資料。二〇〇九年起，更進一步訂立「臺灣詩學吹鼓吹詩人叢書」方案，鼓勵在「吹鼓吹詩論壇」創作優異的詩人，出版其個人詩集，期與「臺灣詩學」的宗旨「挖深織廣，詩寫臺灣經驗；剖情析采，論說現代詩學」站在同一高度，留下創作的成果。此一方案幸得「秀威資訊科技有限公司」應允，而得以實現。今後，「臺灣詩學季刊雜誌社」將戮力於此項方案的進行，每半年甄選一至三位臺灣最優秀的新世代詩人出版詩集，以細水長流的方式，三年、五年，甚至十年之後，這套「詩人叢書」累計無數本詩集，將是臺灣詩壇在二十一世紀中一套堅強而整齊的詩人叢書，也將見證臺灣詩史上這段期間新世代詩人的成長及詩風的建立。

若此，我們的詩壇必然能夠再創現代詩的盛唐時代！讓我們殷切期待吧。

二〇一四年一月修訂

6　我殺了一隻長頸鹿

【推薦序】「死了一隻長頸鹿之後」

黃里

「那隻死了的長頸鹿」——

六月的一日清晨醒來察看手機，她發簡訊希望我能為她的新詩集寫一篇序文。由於甚能體會那種等待的心情，再者即原非常欣賞她的散文詩，與她也有過數次書信往來，在並非很長的考慮後便斗膽欣然答應，並表示能為她寫序才是我的榮幸。

我想像來日如辦喜事一般熱鬧的場合裡，她實在值得一場真心歡快的祝福。為此我由衷替她感到高興。

然而爽快答應後，心想，我自己未曾有過一本散文詩集，於詩壇競賽上亦無斐然成績，我問她：我適合嗎？她於整裝待發的忙碌中誠懇與慎重的回答，只有加深我內心對她的欽服。她表示，這本散文詩集已醞釀多時，其間曾遇須到遠方流浪，返家後身體不適，電腦故障原稿檔案遺失，緊接著又將再次背起忐忑的心出國到更艱困的高海拔山區壯遊。

她的回應如她的文字。

因前一陣子曾試讀佛書，我閃過一個念頭問她，若我在文中引用楞嚴經裡阿難徵心的典故，她是否介意。她答平日即常至靜思堂教授青少年和孩子閱讀課程，並學習花道和茶道，她並不介意；再加上充斥作品裡的咖啡香與古典音樂，這些氣質優雅的意象，應是這頗具才情女子，閑美從容平實生活的一部份。

大哉為人寫序！怎可輕忽怠慢？趕緊翻書複習散文詩。大哉散文詩！又豈是我這鄉野匹夫臨時抱佛腳三言兩語所能道盡。若我再執意追問詩心在何方，必有聲音也要對我說「善哉！阿難。」了（天地明鑒，這絕非僅是讚美之詞，請試想佛陀在七處破妄前那令人動容的憐憫心）。於是就讓一切回到原初，回到她在《躍場／臺灣當代散文詩詩人選》裡真切剖析自己創作散文詩的精彩歷程，我不得不將之看待也是一番透澈的「明心見性」。

關於散文詩，不知有無人做過這樣的一個小實驗，即是將原意為分行詩的作品，用標點符號連成若干段落；另將原意為散文詩的作品，拆解分節分行排列，如此兩者供人同時觀賞，是否仍能讀出其間作弄過的蹊蹺？是故，亦被稱之為「分段詩」的散文詩，其精神就在有別於一般說明性的散文，而遣用了敘述或描繪的暗示性語言，於整體篇章起伏的節奏裡，表現思維空間的迴響，音色鋪展的隱喻，種種更勝於分行詩詠誦提示及有無用韻的外貌，能更自由地施於戲劇性的日常聯想，或抒情浪漫的，甚至是哲思與議論的詩意書寫。這些在她這本題材十分豐富的散文詩集裡比比皆是，恕不一一對照。

我想如此多元的藝術表現手法養成，能不為過於顯露和鬆散的情緒性文字所拉攏，應與她長期指導包括小說與劇本的寫作，聆聽樂章的有機結構，和直抵心靈美學的觸動有極大的關聯。（後記：那一首她的〈詩凍〉，是極難得的一篇以詩觀看自己的詩之深刻自省內察的作品。她說，「背負太多塑形，我不配成為詩的母親」，「詩，從冰層裡復活，他知道，自己想成為什麼樣的光景。」如此一來，若欲回味她寫詩的手法，則〈冷泡茶〉會是一篇不錯的範例。其中可以品嚐到的是以詩語言理性不疾不徐地沖泡感性的意念，種種隱喻與結尾縹緲的節制，即拉出了耐人尋味之藝術欣賞的適當距離，而也能與讀者「輕柔且回甘對飲」。）

接著我希望她也能傳來一份簡歷與著作資料，她單純地附註說明表示，她停筆甚久，詩齡並不長。這如何讓人置信？一個人要在甦醒後短短的四五年間，獲得臺灣詩人流浪計畫獎、葉紅女性詩獎、臺灣詩學散文詩獎……，這些成績實在不得不令人刮目相看。但最使人吃驚的恐怕是，那樣巨大威猛的能量到底從何而來？可以使一個人離鄉背井、上山下海，勇敢面對種種身心艱鉅的挑戰？彷彿「此生注定浪跡高原的孤獨」（〈如若〉）。

又關於停筆很久這一件事，我想她是找對人了，因為我們曾經同是天涯「停筆」人。我甚至有過一個或許也是無聊的想法：為何文壇學術論文，似乎未曾見有學者針對停筆甚久又再復出的文友，做一種類似前後心理和筆調風格蛻變現象的研究？就我所知，這樣的朋友還為數不少，若真的有這種統計分析的文章出現，一定會非常有趣。

那種逃家出走多年死寂的感受，再次回到詩歌國度，我形容是「如獲重生」；於她則較為冷靜地說是「前半生，我曾遇見詩。後來，我走進生活。後半生，我和詩重逢。詩，並未棄絕我。」（《躍場》詩觀）。

然而，「The art of losing isn't hard to master.」，對於生活曾經用心的付出，失去並不完全是災難。這是伊莉莎白・畢肖普（Elizabeth Bishop）

的短詩〈One Art〉中如今大家已耳熟能詳的一句。那一天夜晚，我將這一部已看了一半的電影看完，描述這位總是在尋覓完整情感的美國女詩人的傳記電影，《月光詩篇，Reaching for the Moon》。那種對失去青春內心深層感到無力挽回的恐慌，大概就如她在〈噢獸〉裡所言的那樣，「楚河漢界，回不去了，給我原來的樣貌」。

我想起她居住在基隆海港邊，時常有機會站在高懸的涯岩上對著另一岸陌生的遙遠世界眺望與幻想。也許現實生活的滾滾洪流，曾經吞沒一個人內在精神生命的一部份，也許她即是想藉著詩歌的書寫與謳唱，藉著將自身投擲入孤獨的浪跡天涯，才有可能再將那一段不斷緬懷的歲月，那一處疑似空白的位置，彌補回來。

她是簡玲，一位詩語言簡約又靈巧，熱愛生命且充滿勇氣的女詩人。

——**「掉在非洲大草原」**

至於她嘗試創新的圖象散文詩，目前所能看到的計有本詩集中的〈男人女人論〉、〈竹林〉、〈蛇河〉，和〈啄木鳥〉等四首。與臺灣現代詩五零年代發軔的圖象詩相同的是，這些散文詩仍會就詩主題與旨意，安排穿插與之呼應的輪廓或形式的暗示圖案，藉以增強詩意思維形象的感受；而這些植入散文詩間的具象圖形，使人很親切地能意識到亦由分行詩演變而來，至西元二千年前尚感流行的圖象詩。也許因為她這般於散文詩裡放置圖象詩的奇想，由於視覺上兩者同時蹦現的瞬間衝擊，不知更挑起了散文詩與分行詩之間原本難以釐清的曖昧關係，或兩者間就因此更容易一刀兩斷、分道揚鑣？

「牠醒了」——

又有一晚，我一邊辛苦地聆聽普羅高菲夫（Sergei Sergeyevich Prokofiev）的鋼琴協奏曲，一邊專注地讀著她的散文詩。夜半醒來因又有新的想法浮現在清夢之外，必須再安靜地下床趕緊寫下筆記。因我以為她的散文詩正如一具精緻的萬花筒，由每個對應於精挑細選文字與詞彙的小圖形，連結成一條一條向多個方向輻射聯想的句子，話語纏綿的練帶；這些因為情節安排，所引故事人物元素及典故來自古今中外的豐富，飽含戲劇性效果十足的對比形象，內在思想的反差張力；當我每次企圖再戴上理智的有色眼光，舉起這具機關重重的萬花筒，轉換不同的解讀角度，想徹底看透她的心思時，就又為那段落色彩斑斕繽紛，篇章旋轉眩人眼目，以及撲朔迷離的結尾所迷惑，終至目瞪口呆而讚嘆不已……。

耐人尋味的藝術品，留存激發人心想像的時間會越長久。她的作品裡仍藏有暗中提示直達情旨的線索，有些並非一定要語不驚人死不休，有些是柳暗花明又一村，她鼓勵讀者「不要回頭，不許回頭，往前，城心將近」（〈沉雪〉）。吾人常言，藝術的趣味性不正是如此？其中〈梅樹〉即是一佳例。

我想，日後我仍會一再重讀她的每一首作品。

──「跨越新次元的覺醒」

因為有機會時常能閱讀她的作品，我曾思索過，到底她的散文詩魅力是從何而來？

起初的感受是講究的遣詞造句，文字挑選謹慎又俐落，用典與詞性改造大膽且新穎。

再來的體會是段落間劇情的安排，攸關整首作品的節奏起伏，結構空間的營造，時間軸的模糊扭曲，契合詩旨的氛圍和感染力生發，這無疑是她長期經營從小說書寫所培養而來，擅長的拿手戲。

細細玩味後又可以觀照出敘述主體與借喻客體間種種多變的角色扮演。有時是主客拉扯難分難捨，有時是兩相扞格互推互斥，有時則又是水乳交融。這言說主體，原非僅是真實生活中的單一作者自己，而是透過藝術性的擬仿化多樣角色設定，主體已然化身為各種「第二自我」的隱含作者；但是從這些嘗試演繹暢說的假造身份，其實亦能統整出真實作者對生命獨特的看法與價值觀。而所指的對象客體，也同樣不只是援引的人或事物而已，更包括其間所襯托而出的場景，所導向的意念，哲思的辯證。因為行跡飄洋過海跋涉歐亞大陸，場景所呈現出整體作品的視野及格局，自然是蒼穹遼闊、氣勢宏大。

手段順遂達成目的後，又讓主客體的功能地位分野界線隱然消解，留下詩意餘韻飄搖迴盪，如「久違的心跳，畫押溫潤，聽見彼此」（〈硯遇〉）。如此主客體間因相互激盪而擴張出境界提升的角色轉換過程，其中一篇即是〈石化〉。

然而，我還想進一步追問的是，這樣巨細靡遺的理性布置安排，從詞語、長短句、小節，到段落而整個篇章，處處流露的是那帶著慧黠的用心，則散文詩之不能也無法被卸除的詩意又當應該如何產生呢？原因竟也是在處處巧妙的用喻。

經由將整個作品所想訴諸的感動，配合當時方便或必然借用的場景與故事，做一最大集合的譬喻後（有時即是詩題產生的原因），她開始啟動了導演一般想像力奇特的捏塑（如〈第三者〉裡，有一個「她」遠遠惶恐地看著一場完美圓滿的情愛）。有旅途中朝覲的角色，主客體間不再牴觸的謎猜對話，讓幻想情節進入，安排段落影射的節奏，於每一小節仍堅持迴避直接的口語或形容，三千大千世界濃縮在一個詞、一個字，她仍然不想放棄用喻⋯⋯。

這說來其實應是一件很吃力的事，彷彿她將自己的每一首作品，都當成是一件必須以詩語言精雕細琢的藝術品，一筆一刀琢磨斟酌，綺麗詭變，又須不留匠氣鑿痕，讀來皆能嗅到文學根底紮實的通暢順達，這是很不容易養成與達到的一種渾然躍動的特質。於是整篇作品如加上了全面的多層次的遮罩，變色也變形，使人不易一眼就探看到究竟。她說，「風雨選擇以失聯來縫合自己，更靠近心臟的地帶」（〈你所選擇的邊陲〉）。

但我更害怕的是，當她看到這些我涉有一廂情願之嫌的文字後，會否就像她在〈丈量〉中我似是那「羅漢椅」，「想像的美學突兀了」；而她卻早已預言，「即使不偏不倚的丈量，世界一樣會改變，時間成就自然」，則我又該如何回答？王邦雄教授解讀老子時曾一再強調，人我之間難見相知交感，反而相互牽引，同歸沉落。我想就如她的〈流沙〉所言，她若伸手拉拔我說「不要—陷落」，淹沒的我只好說「彼此，彼此！」。

二〇一九．大暑寫於璞石閣

註：本文「」內詩句除特別說明外，皆引自此散文詩集作者作品。
黃里：臺灣詩學吹鼓吹詩論壇同仁，期刊編委。

目錄

輯三　人間

輯六 寓語

輯一　短歌

蝴蝶斑

童年，她追逐蝴蝶，抓在掌心看牠撲翅後沉睡。中年醒來，她的臉刺青著一隻蝴蝶，每一夜都是夢魘。

野心

我們邂逅荒郊，滿溢綠野的玄機，你採出形外。

我絕無別心，只是喜歡用一朵野花，居中供養纏垢的心。

千里

明月越野駝腰一點都不嬋娟了，塵沙追風以前，野火逆構一整夜，他們依然沉睡，長卷裡的江和山還未眠，你的眼睛醒著，寫滿一座城的家書。

寸步的蟻以不死之姿，鋸開腳抽出腐壞的筋，用短骨來丈量。

那一隻飛蛾

凝望熊熊之火。

那一隻蛾，在火樽前徘徊低飛，牠活過一百次，死過一百次，每次，都是真的。我一次也沒有死亡，我是假的。

我撲火焚身。那一隻飛蛾，淚流，牠說這次是假的。

我沉默，對光的偏執不辯駁。

奔馬

相較豺狼虎豹的交響，波瀾壯闊的英雄啊，你策馬圍獵，籌作生活的欲望和念想。

我所認知的世界已然節節敗退，下行樂句的八度音步步逼近，清脆馬蹄聲踐踩匍匐的背脊，我是一顆瀕死的種子，唯有讓世界遺忘，才能長出新苗。

斷掌

我那美好江山，被你穿越的河流分割，一半是山，一半是水。我的頭顱橫亙稜線，眼眸飛過枯潮，恨與愛，在火葬場，等一個告別。

許多年後，你已繁花落盡，攤開掌心，江山依舊。

熱浪

此生為你植柳，隨你輝煌的腳步，晝鳴，從不膽怯。

焚風剪斷枝葉，燃燒最後一滴晨露，回眸，夏暑夾掠熱衰竭，淹沒三千土裡，熱島無歌，你的殤羽化，都雌了。

海市蜃樓，耳際，剩殷墟甲骨上一個蟬字。

如花在野

回到童年的雨，將自己浪擲在冷色水床，解讀潮暗的縫隙，每片葉瓣都變成可拋式鏡片，騰空墜落昨日的瞳仁，荒廢的意義得以分解，曠野今朝零涕的雪泥。

似是而非的石子疊成一個佛的悖論，以致童年再次落荒，安住而不逃。

奧義

我和那隻剛爬過腳踝的小蜥蜴說話，你碧綠的床毯和我認知的原野是否一樣？輕問整夜歌唱的青蛙，馬路上被壓扁的屍肉，淚水是不是曾經四面楚歌？我斥問愛咬嚙的大火蟻，難道我的肌膚是你渴慕的滋味？數落自由的小黃蜂，怎會在我需索的嘴唇採吻？

是的，我是。

靜默的對話，我聽見。

耳鳴

當我老去，所有的，顛沛流離的蟲鳥都回來了，在耳際，交響一首田園曲。

黃昏

黃昏，他從很遠的地方走來，早在幾十年前，就聽說這裡的風光旖旎。

踱著小步，太陽破了，蛋黃覆溺小舟中，飛鳥流下淚水，記憶是一池煮糊的粥，一叢荊棘走不出那張明信片。

閱兵

光輝國慶，時間之窗凍結武裝大遊行，時間之墟顛簸，號角吹起一身戎裝的雄姿，時代已經駝黃。

煙火秀，關不住那年的烽火出征，畸零輪椅上坐著老人，一個外傭正在閱兵。

放生

我和導盲犬被遺棄酷旱的無人島，荒煙蔓草焚擦著由繁馭簡的小路，盲犬倒在我懷裡。

我斷髮磨指，聽聞一條遠處的碎屑的雨的漲潮。

歡迎來到美麗浮島。頓時懷孕的眼睛開口笑。

孩子

我把你乾燥，用陽光和風，以為凝聚轉化的鮮味，提升生命的附加價值。我忘了你不是太空包的菌種，你是枯樹寄居的真菌，不需催生，踩著自然節奏，在自由鋪落的曠原，奔跑。

一泡水，現形的孩子，釀出野性的呼喚。

壁人

壁面半裸的塑像拳頭穿過了雪白的牆，力與美掙扎。

每個夜裡，青銅悲愴，為了新釀的骨血，他俯身柔軟的動詞，夢，遺著無精。

一對壁人，背對困頓的牆壁，她們愈走愈遠。

第三者

輕薄透明的蛊，蓋住玻璃罩，她站在裡面展示，美麗蛋糕裙綴滿玫瑰糖霜，切割八分之一的三角公式。

下午，茶的點心。共犯結構導演的一齣劇碼，從銳角等到頓角，蛊累了躺成容器，似長方形棺木正好來容納一席錯愛。

旅程

牠從春光老透的耳朵掏出一串海浪，橫走萬里，黃金臺上國王菊催熟果梢的夕陽，三足鼎立了秋色。

此刻，一把善解吉他，正彈奏赴湯蹈火的安魂，牠吐沫被拘捕的今生，蓄勢的精巢掏空，只等候最紅的身段上岸，以便殊勝李白的月光，下酒。

過河

你賦予的意義深陷冬的谷底，怔忪黑夜的囹圄，我只能裁剪，剪出飄零的影子，砌出大地的舞臺。

雪是白的，白雪在風暴裡分歧，插秧的山路曾經銀色童話遠足的森林，魔鏡打破的瞳孔沐浴安息曲，回頭，水巷蜿蜒。

毋需質疑，我是雪人，一顆卒子，過不了春天的河岸。

種樹

院子種了好多樹，外面看不到裡面。

樹冠濃密的崗哨，月光探過千回，被身高判處終身刑役的男人，植樹，頂天立地。

院子圍一座森林，裡面看不到外面。

石化

水道上，小男孩歡呼：哇！魚在天上飛，鳥在水裡游哪！

他的小舟弄皺波心：魚就是魚，鳥就是鳥。

多年後，他化成一顆石頭，觀看魚鳥，在雲水間……。

輯二　問津

流沙

鯨脊露出地面的小丘，扛起失落沙塵，陽光放逐吝嗇和疲倦，漂泊一片灰濛，我走前方，他在後面跳舞。

他越過我，要我不要跟隨，我們只能在荒漠選擇一種孤獨，跟你或隨我。

他站立微凸的丘壑忘情舞蹈，以致撼動一條河流，消失的鯨尾開始嗚沙，爆漿一口一口吞噬。

「不要—陷落！」我伸手拉拔他。

「彼此，彼此！」淹沒的腳印說。

母親，走著孩子走過的路

母親，走著孩子走過的路。天亮時，她走那條她五歲去舞蹈教室的木棉路；天晴時，她走那條她七歲去彈琴的日光大道；天黑時，她走她偷偷寫詩的祕密花園；下雨時，她走那條她必經補習班的泥淖路；起風時，她走那條她日漸沉默不語的迴旋路。

母親，依然走著孩子走過的路。她曾用詩親吻她的髮際，她曾想飛，或用淚水控訴，母親總笑她痴迷。母親，走著孩子走過的路，她從沒有問過她想走的路，直到孩子的身影在路的一端愈來愈遙遠，直到母親在老去的路上，才發現，她恣意犯著和自己母親相同的錯誤。

母親，每天走著孩子走過的路。路愈走愈小了，小路上呢喃著母親的嘆息：兵荒馬亂的路上，我還可以回頭嗎？

迷途

朝聖的道路沉落黃昏模式，轉角又轉角，古羅馬遺址是幅虛渺雲霧的水墨畫。

放下地圖枕靠一面牆，冷冷的月光將他們重疊，她嵌進白色拱門，拱門嵌在現代建築的屋瓦，月光說：不必逞強，你們一樣與時代違和啊！

因此，她走過他廢墟，他穿過她灰燼，依稀落難的生命縮影。

「你是誰？」朝聖者問，「妳又是誰？」老城門反問。

「我是誰？」朝聖者疑惑，「我又是誰？」老城門也疑惑。

孤島

我沉睡，流下夢的口水，你沒有言語，沒有聲音，悄悄走進這個房間流淌氣味。

輕薄短小的枕頭，有星空草原、莫內花園、火焰和海洋，但，不是我的月光，寂寞的麥田圈，把世界變壞變欲望。

島上，一株無花果的曇花，每個冬夜啞著口，等待和疼痛，飢餓與荒謬。無聲。存在。

砍伐

街道颳起颱風，他們角度著砍樹的邏輯。

整排樹都在談論會被砍多少？它們曾樹立美麗的街景，最美好的光合作用已經失去。

他們砍了幾片葉子幾根樹枝，然後大刀闊斧的伐去樹幹和樹頭，不過，不是為時代造紙也不是一張可以休憩的椅子。

那些許諾過的青春困死這裡，一瞥的繁葉成朽木，暮色無邊無際滾滾而來：

天啊！我們被砍伐了。

彩色島

色彩的五線譜倒立一排法式馬卡龍，粉色的莓果和成熟橙橘排隊，藍色眼淚依偎一抹水草，小屋泅泳波紋裡，雲朵種植屋頂上，以便讓緩緩的游魚偽裝悠閒。

我彩繪的皮膚和指甲，火樹竄滿整個白晝，攀緣中的童話世界，為縱橫的人山切割為鋸齒狀，理所當然的人海壓縮小宇宙，午後的一場驟雨，落荒的漣漪攪亂一趟渾水，我不止一次問道：那些韻腳的流動，以及轉彎的起落，關於遠方的層次，你是否聽見？匆匆過客，沒有回答，我只得繼續揮霍肉體的青春。

只有夜晚，卸下妝，我才能成為自己的島嶼。

古剎

春雨之後，這座山坐臥煙嵐。

新禪寺復刻金光，甘露瓶繁花似錦的春日，一隻貓穿入眾聲梵唄，
僧侶逐趕，牠輕躡經文的春秋，踩過老山門昨夜流淌的水河。

雲板還鐫刻淺淺青天，晨鼓暮鐘混沌永夜，檐簷下的垂花淺吟低唱
一朵蓮的身世，枯藤張牙舞爪狂草失去章法的危樓，風的小徑穿上
天女的羅裙，這散花，可是百年前落櫻的舍利？

聽！聖號迴帶，那隻更年期的貓，用半柱香光景仰望駝黃蓮座，佛陀的眼眶無波。

只有燕子年年飛來，不知雲深。

逐路

我和一隻馴鹿奔跑，牠的犄角分歧了道路。

回頭，童年的牧草刺痛足踝，鄉愁龜裂了，罌粟的愛情催眠惡果，
海市蜃樓消失了，清晨發亮的撒哈拉，也暗自乾渴死亡之海。

我和馴鹿博一場弈，生淵死谷間。

牠打開殺戮者彈孔，試圖在遷移的荒原鑽出新角，我縱切橫剮生的
本末，轉身向死裡去，我們的影子跌跌撞撞，有時我覆蓋牠，有時
牠籠罩我。

墜落升起升起墜落。

生生死死死死生生。
明天醒來又是曠野。

你所選擇的邊陲

風說，我將浪流。雨說，我願隨行。

不愁苦行的擺盪，他們一樣沉睡或清醒，每每一絲煙灰之氣，彌留的大地割開厚繭流出雪色，隱喻的光明拓印沉默，遺忘又不斷繁衍的詠嘆調，肺腑一齣冬日歌劇。

冬天走遠，夏天溺著歡呼：拍一張打卡照吧！夏日全然不知邊陲沒有網路，風雨選擇以失聯來縫合自己，更靠近心臟的地帶。

蛙人

我曾觀照一條形而上的河域，裸透的鰓游進草裙，潔淨的雲水拋物五線譜的浪線，儘管不是游魚，依然孤而不獨的走河。

我聽聞霧霾的險惡，暗黑的肺葉充滿情迷，變態的掌蹼裏上陰暗潮溼的泥沼，至於那流離的尾巴早縮為合乎世俗的經緯，我更名，成為新我，夢境的鰭狀卻不停撩撥，挖掘荒誕如隧道深的傷口，可以活得初始？可以活得像蟾蜍像蠑螈？或者可以活得像自己嗎？聖嬰抱舉我，用力烹煮乾旱的餘生。

衰滅的水系請不要回顧，一無所有的樹叢請勿為我寫生，混沌天色下，我已是荒漠的兩棲類，沒有偶伴和叫聲，只認得微弱的喘息。

走音

鎏金鳥鳴音樂盒上那隻鳥，飛來露臺歌唱，我學著發聲，鳥說我偷竊聲音。青銅器上的鳥紋，商周遠古的崇拜，你不也抄襲那具影子？

昨日的悲傷，剽竊風花雪月，明日的腳印，抄襲今日的步履，模仿被模仿相通，歌聲重蹈，覆轍了歷史，滅亡創新的身世。

不死鳥轉動發條，斑駁的勾喙荒腔走板，他的轉音，九彎十八拐，吐了我一身雪花。

我執

我坐在骨董鏡前執迷，羈押它，封印歲月的味道。

故事正式消亡的此時，舊日的虛妄一腳把我踢開，紫色捷克水晶鑲嵌著骨瓷玫瑰的手拿鏡，鏡像裡浮現一個女人，沉睡一百年的蕾絲束起驕傲的腰桿。

她看我，我看她。妳變了，我是變了。

鏡中，維多利亞的女人依舊典雅，不再像個奴隸，她捻起夕陽，我們開始沉落……。

盲窗

少女經過綠油油草原，陽光照耀金色經幡，雲朵繚繞著雕飾的五色窗，聆聽佛光閃耀的鐘聲。

少女走進窗，彩繪牆面同高，窗在頂端，一線青天一米陽光閉合。

沒有風景，什麼也看不見，終年不開的窗，小喇嘛哭了，他問少女為何不悲傷。

少女亮起琥珀色眼珠，她記得藍天樣子，記得風的顏色，記住石頭烤焦的味道，更不忘雨水銀鈴般笑聲，即使黑暗盜走流光，盜不了夢想，青光盜走眼睛，盜不走色彩。

盲眼少女，從不知道悲傷的表情。

愛情

為了取悅他的耳朵，詠嘆靈犀的心，她變成一隻夜鶯，歌聲如水經，伏流夢寐的河道，金黃綠野抽穗的玉米田，飄旋古老教堂的頂尖，日夜不能自已。

直到失聲，回頭喑啞的鳥籠，此刻，她長出一對新的翅膀，原來，她是一隻真的鳥。

如若

淺短的紅景天，仰翻高山流石之中，一些改變，令人幾近窒息。

那名叫高原症的老頑童，他俘虜我胸口，要我拔高而起，踩踏強烈紫外線，翻越晝夜溫差，要我拔高自己，拔高思維，拔高視野。

趨向惡劣高寒，我在顛簸中一步步海拔，雲層的紋理泥礫的內裡無可辯駁，乾坤裡的況味從此飄拂，我開始相信如若一株還生的藥石，此生注定浪跡高原的孤獨。

時間的泥淖

一個剛好的時間，一身黑紗麗的女學生發一朵紅色玫瑰給他，在他手背構一面大T形紅白綠三色的旗子，畫一顆愛心和OMAN，他和古老的阿曼王國拉近距離美。

Mall的大廳有畫展，另一方站滿人潮，此端到彼端很長很長的蛋糕也繪國旗樣貌，鑲上阿拉伯數字48，歡慶國王統治時間不落爭議的空間，他剛剛走過一千五百年以前文明的驛站，只剩幾片熱呼呼沙漠的土牆，他的腳發痠，遠端的角落有一張空椅子，很適合讓他坐下來。

他把花送給剛來的阿拉伯老人，忠貞笑容配上玫瑰的情愛最好不過，老人問他今天從哪裡來？昨天在哪裡？還有明天要去哪裡？像打啞謎，他開始回想昨天仍在今天這兒嗎？繼而他落入名詞的泥淖，今天的明天明天的昨天，明天那個我還是我嗎？明天的昨天還是現在這個我嗎？時間流逝一個下午。

老人離開時，那張椅子還是空著，他趨近，是張環形老木椅，中空並且斑駁。

歧義

薩爾河的天空冗長的藍，左岸人潮洶湧，一位和我錯肩的小男人溫雅地往河裡走去，他的身高不超過一米五，我歡呼：「winner，我剛走過你的兒時和舊居。」

他轉身，白色假髮和紅色衣裙環繞一圈圈的光，聲音像落淚之日最後八小節的嘆息：「活著時，我在半個歐洲為國王演奏，死前不過是揮霍無度困病交加的loser，進入墓碑後，我成為winner。」

「不，親愛的winner，上午你的小麵包止飢我，下午的咖啡愉悅我，還有這襯衫取悅我，完美的肖像啊，你不只是偉大音樂家，你的商品創造可觀經濟收入哪！」我推翻他的謬誤，拿出手機自拍，陽光如D大調第十七嬉遊曲蹦然躍出，經典的莫札特巧克力圓球在嘴裡跳起小步舞。

我被音樂寵壞的耳朵突然失聰。

問津

秋老虎乍然驚醒，栗子樹偷偷在白露前轉紅，敲鐘的摩爾人執念時間的整點，我停靠雄獅的左翼，無人的頂尖流竄一股莫名飢渴。

噢！聖喬凡尼長廊，遍體鱗傷的殘喘，她右腳裹上傷巾，一隻鞋也陣亡，伏流的悲憫啊，我不經意飛落如雪蒼白的腳踝，她一開口問我是否還在傳書？

火樹和銀花遷徙，我穿越不了過去，一身鈍化的灰色黯淡最初的靈魂。她說正打開身體在尋找渡口的路上，她輕輕撒下一些麵包丁餵養我，腳上的傷巾敞開，淡淡血跡勾勒出荊棘、浪峰、驟雨、葡萄藤、滿枝葉的橄欖，還有不眠的星月，未曾歇止的大地啊！我必需撿回翅膀。

「妳可以走到盡頭嗎？」飛翔前，我回頭問候。

「你見過一條長河嗎？」她犀利而精神，像回熱的Old Ladies' Summer。

註：記義大利烏迪內（Udine）自由廣場（Piazza Libertà）清晨相遇的那隻野鴿子，我想念牠。

他們深陷一個反義詞

薩巴和喬伊斯落在同一個時間軸，面海的 degli Specchi 咖啡館，牆面的鏡像裂開一片洋流，一頭闊嘴短鼻的長牙動物呼嘯，喬伊斯大喊：

「停——這絕對是一則抽象，抽象的。」

牠真的停了，薩巴和喬伊斯瞻望逝水年華，深陷一個反義詞：

「故鄉？異鄉？」

二十世紀初百轉千回的晨昏，薩巴徒步故里，詩句像冰霰飄零聖尼科洛大街，喬伊斯私奔他鄉，流亡的風花投身運河，故事斷章在紅橋邊緣。

「我的故鄉不過是你的異鄉。」薩巴端詳具實的存在空間。
「我的異鄉猶如我的故鄉。」喬伊斯抽離型態，幾何冷靜。
「倘使故鄉和異鄉都成為家鄉呢？」狂囂的布拉風捲走獠牙，同義凹陷的反義。

十四行詩的舊帳翻覆過新韻式，小說嬗遞晝長夜短的時差，亞德里亞海混搭鄉愁，重疊兩個靈魂，銅像，仍站在城鎮一方，活著……，偶爾，他們會出現咖啡館鏡子裡，深深擁抱。

註：1. 翁貝托・薩巴（Umberto Saba，1883—1957），義大利詩人，出生於的里雅斯特（Trieste）。詹姆斯・喬伊斯（James Joyce，1882—1941），愛爾蘭作家，曾經在Trieste生活十多年，在Trieste寫下代表作《都柏林人》和《青年藝術家的肖像》。薩巴和喬伊斯的銅像現坐落在Trieste聖尼科洛大街和紅橋上。
2. Degli Specchi，鏡咖啡，1839年建立，位於Trieste面海的統一廣場上。
3. 布拉風（bora scura）冬季吹在亞德里亞海的東北部海岸。

一隻大黃蜂的飛行

知道世界的真實模樣嗎？你當靜默的飛行，理應是不可思議的天方夜譚。

我從林姆斯基——高沙可夫的口吻飛出來，並以些微差距拍動自以為的翅膀。

第一部曲Italy

威尼斯（Venice）水的問候穿進瀉湖，假面漂浮的旅程開始，莫測的帕多瓦（Padova）離水鄉太近，迴廊只好沉靜，我停在一三〇四年很久很久，喬托高高舉起新約，山丘和樹林哀悼，壁畫濕了小教堂，陽光沿著維琴察（Vicenza），帕拉迪奧之城殘舊的容顏發笑，出入倫巴底人的世界以後，奇維達萊（Cividale）古老的私鐵和我追逐進化，日光遠遠落後不斷更名的烏迪內(Udine)，裸身的海格力斯和凱克斯雕像，用一杯中世紀葡萄酒交易我的口器和觸角，我毋須花蜜，但，觸角是我的意識嗎？離群索居伏進穆賈（Muggia）小碼頭，每一扇門都流動歡迎光臨的海潮，湛藍細語直到的里雅斯特（Trieste），酸檸檬、Espresso即便沒有口器，味蕾也會謝了又開，翁托貝・薩巴拍著我的翅膀，古籍書店金色餘暉流離，詩人的憂鬱隱匿老舊的打字機裡，運河的邊陲之境。

你當離開無名之地，前進巴爾幹半島。
那些年，狂蜂的進行曲氣勢磅礴，直到狹路生出折磨，而我所不知
的你，三月淹沒的烽火不是煙花。
無論如何，我想知道你應該的樣子。

第二部曲Croatia

札格雷布（Zagreb）山丘上瞭望臺，中午報時的砲聲，震醒上城聖馬可教堂馬賽克屋頂的星辰，昨夜瓦拉日丁（Varazdin）十六度的

低語聽見巴洛克顫抖，整個城鎮是一隻黃蜂的小鎮，等風送行到薩摩波爾（Samobor）市集的懸念，淺嚐最初奶油蛋糕源地，狹長海岸線說要海拔我短小長度，隨著朝聖者擁擠札達爾（Zadar）赤繪的夕陽，日落卻燙傷我的複眼，當我失去眼睛也將失去方向嗎？我揣進斯普利特（Split）戴克里先皇宮人面獅像嘶吼，一腳誤入羅馬帝國輝煌盛世，一腳踏進沙隆納（Solin）荒涼歧途，眼前看到的遺址不再廢墟，漫無目的低調迷路在托吉爾（Trogir）不斷出城入城在希臘人建造的驚奇，逆著日照的赫瓦爾（Hvar），薰衣草島嶼半生不熟的紫色張力，我決定暫歇科爾丘拉（Korcula）和探險家馬可波羅的童年相遇，馬可波羅一腳把我踢逐去洛克魯姆島（Lokrum）無人的藍天裡，杜布羅夫尼克（Dubrovnik），的月光將瓦片上砲火洗滌如珍珠的晶瑩，轉身，伊斯特利亞半島呼喚，見識波瑞曲（Porec）鑲嵌拜占庭帝國千年真正的光，而古老普拉（Pula）劇場、神殿、凱旋門曬著日光浴，悠閒的羅馬忘卻大海彼端的殖民，羅維尼（Rovinj）藏匿條條巷弄通達大海的秘密，臨岸，中古世紀染紅的栗子樹再次崎嶇山城莫托文（Motovun），胡姆（Hum）也彎弓成世界最小的城鎮，突然，一顆細小塵埃刺斷我的足節，陷構的彈孔滿是城牆憂傷的細節。

一隻失去腳的黃蜂，還會是蜂嗎？

想像和想像之外的血口一路悲壯，需要獨立呼吸，俯首稱臣以後允許成為自己的王。

我看見全世界都在流浪。

第三部曲Montenegro

峰峰相連的清晨，沿路堆疊石頭的洛夫茜山（Lovcen）平靜海灣總是讓我不清飛在天堂還是月亮？科托爾（Kotor）陸地與海洋最美的相遇以後，我攀爬長城眺望峽灣深處停泊時空膠囊，是誰，在佩拉斯特（Perast）海灣下錨？偶爾，也能挽起水袖浮上暗礁，竊聽小島心跳並且私語，而正午布德瓦（Budva）暗沉的一匹黑馬疾風而來，角逐統治的街道，我正在摩擦的前翅被雷劍劈斷，煙硝和悲鳴滲透那舊城都，采蒂涅（Cetinje）無聲的野花用冷清的美依偎療傷我，止痛到最後一哩路，我停靠波德哥里查（Podgorica）奧斯特洛山中修道院，此時經典的句號，已然凝望一種姿勢。

我的思維滲一點靈光，寧做火藥庫上撒野的孤獨之蜂，也不願停在這兒低鳴。

我還剩下一隻翅膀。沒有翅膀也可以飛行嗎？換句話說，如果翅膀是魁儡？

原來，世界不是想像的那樣。

第四部曲Slovenia

盧比安納（Ljubljana）詩人普列舍仁和繆思女神，把文藝復興和巴洛克風情鉤沉兩岸，音樂家塔替尼從皮蘭（Piran）廣場紀念碑跳出來，用魔鬼的顫音詢問我曾經以半音階快速流竄的旋律怎麼落單了？我無法回答我選擇的孤獨，聽完強盜男爵羅賓漢的故事寫在普利雅馬堡(Predjama Castle)以後，我的身體兵分兩路，一半停在因戰爭分裂一座城鎮的戈里齊亞（Gorizia）一半停在新戈里察（Nova Gorica），邊界的兩個國度，湖泊和河流的主題從不間斷，我努力飛在江湖，甘心做自己的信徒，索亞河谷不急不緩流動青綠盛宴，文特加爾峽谷森冷的水珠濺起回音，考古布萊德（Bled）陡峭山壁的炊煙，雲霧的烏坎茲（Ukanc）牛鈴越野沃格爾（Vogel）阿爾卑斯山脈的雪景，傑瑞尼卡河（Jezernica Creek）是我影子唯一的出口，博希尼湖（Lake Bohinj）湖畔漫漫冰河的一次初融，世界可以很大也很小，野鴨探出脖子說離開就離開，草原的斜陽瞬間凋謝像一張失真明信片，我催吐出天荒地老的毒針，指向耶塞尼采（Jesenice）遙遠又近的方位，結束簡單又冗長的飛行。

遺忘蜂鳴和蜂蟄，沒有複眼與觸角，失去腳和翅膀，這實在不像一隻大黃蜂，林姆斯基—高沙可夫，應該為我感到悲哀和羞恥。

但是啊，我一點也沒被擊潰。我逐漸輕盈起來。

註：本散文詩詩題的靈感，來自俄國作曲家林姆斯基—高沙可夫的《大黃蜂的飛行》。

輯三　人間

男人女人論

兩個缸被封建了，陷阱的手臂微微相向，石頭頂撞水水反撲石子，
他們築起一線分際，干戈的二元對立，各演各的獨角戲。

那個男人啊

男　　　　　人

他佔有了論述，偏愛工具性角色
他手臂很長嘗試推翻文化原型不過
他曬過的衣服永遠是反面，洗淨的碗
忘記放進烘碗機，除塵過角落綣有毛髮
總有個不明物體，啃破他指頭吃掉一隻襪
他的腿像長頸鹿，擅長下半身思考的哲學
性愛分離論，愛的簡史，產生在兩腿之間
他住在傳統窠臼，卻是完美主義統馭者
這個善良沙豬，其實他是兔子偽裝的
盡管暗夜身體藏著一顆結石，英雄
逞強的臂膀，抽泣的像個孩子
他的餘生如女人般渴望愛

這個女人啊
女　　　　　人
改變愛的形式，偏執情感性角色
推翻附屬功能論嚮往尊重和被尊重
她一顆被解嚴的心，不顧塑型奇葩說
超現實主義的移植善於夢境與現實交替
因著身為母親宿命，懂得慈悲喜捨的轉身
時間座標裡強震和海嘯靜靜凹凸原創的愛
她放棄牧地之爭，默默實現生活的手藝人
她縮小成一叢荊棘，假設一朵花開的浪
身段似水柔軟，意志也若水堅韌剛毅
她心底收集萬籟的俱寂，風一拂過
葉子黃了落了，拴不住的美學
她的一生如男人渴望自由

兩個缸被戳破了，本質論抹黑擦白的思辯流淌，他們站在解構和建構的灰色地帶，水淙淙自石頭的耳朵舞躍，石頭游進水的肋骨演啞劇，她知道他或許就是鬆散的文體，他肯定她就是一首詩，朗朗乾坤下的這首散文詩。

竹林

竹林　竹林　竹林　竹林　竹林　氤氳
竹林　竹林　竹林　竹林　氤氳　竹林
竹林　竹林　竹林　氤氳　竹林　竹林
竹林　竹林　氤氳　竹林　竹林　竹林
竹林　氤氳　竹林　竹林　竹林　竹林

他們相約十里桃花外，人煙罕至的竹林比鄰露天古老的野湯，等不到他，夜霧嬝繞迷離。

星星的眼睛撲朔林間，冷風騷動樹枝，未打烊的烏鴉ㄚ—ㄚ—劃過，寒蟬鳴泣：女人呀，禍水！她迂迴羅生門，不寒而慄的真相……。

月光出鞘武士的佩刀，劍光快閃，頃刻，血紅的瓣片散落一地，幽影逼近急喚她的名，啊——她尖叫，有個聲音凌空。

我嗎 竹林 竹林 竹林 竹林
竹林 **嫁給** 竹林 竹林 竹林
竹林 竹林 **願意** 竹林 竹林
竹林 竹林 竹林 **今世** 竹林
竹林 竹林 竹林 竹林 **今生**
竹林 竹林 竹林 竹林 竹林

富人和窮人

1.

可以再靠近一點嗎？

你買下一座海，測量完美的窗戶佔有三百六十度大海景，現在，惡劣的氣候五分霧霾五分狂暴，請不必竊笑這十分短視，這不就是他樂於所見，而你，真的聽不見濤聲？

2.

無法忘記你們的結構，你用一整個夏季築高身體，神話建造的一堵牆，隔離赤貧。

3.

牆裡，無盡的珍饈消費一瓶瓶昂貴的甜酒，你莫名飢渴，被牆外隱隱殷紅的小火爐刺痛。

鼻子下起霜，你喘息走過極寒雪國，忘記真正呼吸該有的樣貌。日常雪霜強暴他凍瘡，張開大口，龜裂的嘴巴總幸運吸入一點詭譎的氧氣。

4.

上癮的阿諛和奉承住進房室，心漸漸冬眠，你的夢乾枯，並且夜夜爭惡。

夜晚的星星，為他點亮卑微的夢想。

5.

你信仰的金字塔，依然矗立兩條沙海之間，你一步步掏盡潮汐和濤聲，決定將遠古寂寞自縛一具木乃伊。

他走著，腳印越陌度阡，從不翻譯任何窮途。

空心人

他剛失去一顆心臟，只好背著一口井離開家鄉。

暮夏遠走，他隨蕭瑟前進，一支草稈向著風，他像槍桿指向草桿，問為什麼可以溪旁繁生？他甚至連井也空，一滴水不剩。

搖曳的蘆葦，灑一地秋雪，用他剛翻飛的身體給他吸一口流水，水很涼，他的桿節柔軟淨空。

原來，你也是中空的。那可不。他們對話，一晚月光靜靜觀照。

硯遇

那時，你美得像一首詩，僅是山川河谷遺落的堅石也足以媲美星石，一生只為一個念想存活，愛的價值就是連城。

日日夜夜，我們以水研磨，池中相濡交合的心意，在方寸之間舞動風與花、雪與月的形體，沉溺最美的練習，我草野的身軀卻不能應許永恆，臨去秋波吐出惆悵，天涯從此失落一角。

該如何紀念青春擦身而過的矜持？再度相遇，我們凝望，你該自喜，被提及的無價藏品，但是啊，曾經磨合的凹陷卻端坐憂傷：這一方古硯，死去了水與墨的魂。

瞬間，我潛入松木，再次煙燒，化身那盞舊墨，用淚如雨下的時光，在你的心口，緩緩研磨……。久違的心跳，畫押溫潤，聽見彼此。

貴婦與清潔婦

貴婦拎一臺車走路，閃爍斯里蘭卡的藍光，脖子與玄關枝梗幅度一樣優美，紫色黃色白色的鳶尾花有點洋味，蝴蝶盛開梵谷的五月。

清潔婦是隻壁虎，直達屋頂挑高的書牆，一顆骯髒的煤球，滾著灰塵。氣派高牆倚靠千冊原文書，還有一個沒有煙囪的壁爐，鏟煤的老古銅杵著衛兵，古董鐘滴答聲臥在壁爐停止的心臟。

清潔婦攀岩長梯，被擦拭的書出奇安靜，難以承受之輕，空盒子貼上書皮的包裝模型蒙一層黯然，拋光就露出原形，她看這座裝飾的壁爐，有些傾斜，錦簇的鳶尾活得像不實花，貴婦華麗的主人椅，圖騰的女人，這得站高才看得清楚。

清潔婦拆下馬達加斯加憂鬱藍的頭巾，回到簡陋夜晚，用筆記下多的眼睛，用骨子裡她敬重的，僅識的淺薄文字。

丈量

羅漢椅旁擺一個沙發，是中西合併的美學。很久很久，她找尋。

三月春雨，他的臉，陽光；他的聲音，磁性；他的手，精準丈量。她也細細丈量他的專業，她見它，是千年的召喚，決定買下。

沙發來到，羅漢椅縮水，精確的尺寸在空間裡一夕龐大，想像的美學突兀了。無眠之夜，她驚見他，躺著，像是為他打造似的，那沙發，剛剛好。

當初不也如此，丈量好的人生變調，幾年，就這麼習慣。即使不偏不倚的丈量，世界一樣會改變，時間成就自然。

火匠

她磊起窯爐，轉動鑽木，摘下星星和枯葉，輕輕煽風，生一把火。

海馬迴記憶的造火時代，明清那主流的青花沁出優雅韻味，現在，她行走火海，只有素燒，也得時刻調整溫度控制火侯，不讓熱溫崩裂變形。

一張熟悉的紙張飛揚過來，她可是火匠，一出手赤焰是理所當然，她焚燒紙火給殉情的青春，將告別裝進昨日華麗的喪輿以後，再度敞開失眠與心悸的帷幕。

火匠獨自點紅大大小小的火花，就等待窯神下令，冷卻更年期燥熱的門牆。

刮痧

母親幫他刮痧，秋陽吐出涔涔汗漬，母親的手，從頸部直下探測他的方位，哀叫越過田埂，像撥筋的虐出血痕，她用一杯糖水撫慰他，甘津香甜。

他幫母親刮痧，一碗水一根湯匙，學她沿著肋間來回重複刮動，他問她痛不痛？母親咬著嘴唇，要他堅厚的臂膀使喚手腕用力，不許停頓不能回顧，他鬆手，毒邪淤積一片怨懟，被鞭笞的痧象，浮雕一枚紫黑的往事，母親削瘦的背抽泣，她只要一杯鹽水。

父親離家後的每個冬季，他為母親刮痧，出痧，傷痕累累，再重新活過。

我是如此迷戀你硬挺的高度

我的愛，我是如此迷戀，忐忑初潮，露水喚醒的小青杏；如此迷戀，圓潤明月脂凝歡愉的星子；迷戀，固執石頭噴出湯泉的乳汁。

你硬挺的高度，呼吸，與我同在，伏聽育嬰的生命進化史；你硬挺的高度，活著，我們依存，窺覷潮聲起伏跌宕；即便，水波無聲漂移，漾起尖角戳傷青春的峰頭，衰老與假象或隱或現，我仍如此迷戀你硬挺的高度，神聖且美麗。

我的愛，長征眩惑前，我們發熱的胸膛，耽溺末世最後愛撫，誰能知道，明日切除的輓歌，顛覆的形象將舉起裸露疤痕，敬畏你重生的高度以及戰士般榮光的標記。

重生

生活陷落不明泥淖，洋娃娃瘸一隻腿，寵物鳥丟失一隻翅膀，波斯貓的眼睛起一層薄霧，西施犬的鼻子榻的像面牆，遠遠望去她的唇跟兔子一個模樣。

站立五百年的大衛像腳踝被瘋子砍傷就患了可能倒塌的腳疾，我不是為大衛無花果樹葉遺失而傷心，昨晚我不過故意指一下月光，被割掉的那隻耳朵，羞愧與任性破碎一顆心。

我的哀怨驚急了米開朗基羅，他像造一支火箭，把不同部位拆解後重新組裝，高低錯落的缺陷塑造一個完新形體，那新的意象挺藝術，一開口便說：Buongiorno。

註：Buongiorno，義大利語，早安。

走山

他背一座山，古道彎彎曲曲療癒一幅纏繞畫，深秋與戀人同等婉弱。

他牽一座山，落葉夾傷熊腰環繞的背脊，征服銀色浪花以後，話裡行間野獸出沒的地方。

她鼓一座山，氣球正以驚詫速度吹漲，獨苦磅秤落下重蹄，也曾不擇手段想削瘦西風，色衰的魚尾數落愛弛的馬甲，輕盈的靈山喚不回。

她望一座山，二十年熟習同一條稜線，藍海中起伏的烏龜島，埡口
厲風吹垮髮際線，拂過他走樣的地中海，大山之南大海之北，只要
自我感覺良好，無關芒花多少。

他們頂一座山，左轉右轉，繼續走山。

破了

會場剛剛結束，他灌的迷湯彷彿一帖春藥。

一切看來那麼神奇，她一生的斷層帶比地震裂痕還破綻，破鏡的愛情破滅的親情，一眨眼往事停格，居然被回顧的展程所修復。

他如此讚美她挺直的軀幹，俘虜她的背，火藥流過山峰流過溪豁，燃燒濃密的森林，穿腸她所築構的牢籠，他加溫，春雨瞬間成雷霆，白石般的膚色和煙霧同等焦黑。

「破了，還是破了！」他打開焚化爐，對著火化的第十具頭骨搖頭。

博愛座

山路走一種格局，公車上上下下顛顛簸簸緩緩慢慢停停靠靠，一隻蝴蝶擁擠進來，蝴蝶停在博愛座，她輕聲逐著文字：請優先讓座給老人、孕婦、行動不便者，及抱小孩的乘客。

博愛座上被溺愛的小手撲向蝴蝶，母親源源不絕的奶水乾涸了，亮亮的童音畫上休止符，蝴蝶噤聲，窗原來是空的，「汪，汪！」，現在他們喚牠為犬子。

蝴蝶擲出窗，分歧的山路咳出粉身碎骨，奄奄一息把著脈。

初戀

一條蟲，從牙縫順著喉嚨鑽進心肝，趁著曙色將明，一口一口嚙食，一步步回到牙口閉戶。

她的嘴住著一顆牙，牙裡蟄伏一條蟲，說好暫住一宿，日月卻翻過數十載丘壑，黑洞以他的山河為名，陷阱太深，壓榨的血汁，早在那個同朽的春日，牙根空洞。

緊閉，誰也別想撬開蛤蠣，那只死牙，夜裡溫著疼，無法自拔。

合唱

上午，一支白色的螞蟻隊伍上山，洪水氾濫的決堤，下山的中午就
成為一群過境的烏鴉。

曾經，他們依偎，像合力分享一片小餅乾的螞蟻，像電線桿上排排
站的烏鴉，整個小屋子以不同旋律聒噪合唱，笑容擠滿斑駁牆壁的
相片裡。

下山途中，一起來張久違的合照，千萬畫素鏡頭，虛偽換上美肌好
膚色，草坡是貪慾的延伸臺，分家的風暴走來，肥胖的心用腹式爭
吵的肺活量，不同聲部展演重唱。

葬禮過後，躲進罈子的父親絕唱一生，家族史上六重唱，合唱最後
一曲枉然的愛，手足之情也完成入土儀式。

蟬說

母親在霧夜裡纏繞只有她才能披露的聲音，蟄伏的寒噤比地雷更貼近山線，無法啟齒的墳塚，閉關十七年母體。

女孩拋物線的裙襬走火，放生的暗礁入魔第十七個春天，險惡的海線指涉不止的嘶鳴。

女孩懷著私生子的秘密破土，母親私生女孩的往事傾巢，風暴灌頂啊，整個夏日。

胃

她有兩個胃，一個草食一個雜食。

人物、對話和場景，迂迂迴迴住了幾十年，切片之後，草食的胃鐫刻著化石的滄桑。雜食的胃，餵養晶黃飽滿的玉米，遲緩生長的乳牙，才剛探出一丁點頭，胃酸就嗆出年齡的密度發酵空巢。

兩個胃室幽微張合，看似包裹靈魂的斷層，卻兀自存在對立的和諧，便將情節推入詩海，意象陷落小說，一路奔跑再一路回首，以生命的出血和逆流，反芻她的黑夜與白晝。

聊天

我們說山說海，爬過山跋涉水，春天的斷簡滑過滿地寂寞的青苔，水澤無意盛開的花迷網一隻蜘蛛的舌尖，我們聊著天聊著地，眼睛流竄翡翠的海子，耳廓沸騰銀鈴的星子，昨日的天很高很高，今天借代精準的語意直達彼方心窩，可以聊表山海高深。

是誰叫我遺失的小名？整個手帳都是舊日的露珠，我們拉著敘事的風箏比賽如何喚醒生命程式。

而你，不該是個時髦的機器人。

閉關

他們像聖誕樹飾品一次把色彩掏光，我的影子不甘指染，夜裡，赤裸進入一面牆。

摺疊肅寂在耳門貼一個環狀，就可以杜絕流言鼓譟，心室源源不絕的輸送，逆返一方水土，倒流耽溺的紅塵裡，原來取靜並非真功夫。

相當潮濕的雪掙出牆，晾開將消亡的四方天，緩緩走向紛擾人群中。

輯四　城音

馬戲

我們是兩匹草原，戲游的蹄不願馴服假面的枷鎖，就是蝴蝶欺瞞也
不想切換翅膀改變既定的偶然。

「可以成為一匹真正的馬嗎？」

啪噠的蹄聲快遞風沙，騰空跳躍水和墨色，塵暴捲起黃澄澄的一座
秋天，傳說真正的獸，即使迷路也要假裝勇敢。

風不受駕馭倒流瀑布，困守的馬蹄從山形依舊的草地，轉折了花樣
的新戲碼，本來你就是一匹馬，馳騁吧！絕無戲言。

我信仰的草原，一生只奉一個城。

蛇河

昨晚，
一
條
水
蛇
，　　　　　　腳　腳
在我的牆上滑行，我幫牠畫了四隻
腳　腳

那時，母親搗衣的杵聲剛歇落，霧中甦醒的基隆河哼著進行曲，千軍萬馬打起水漂兒，河岸紙船等候出航，我把莓果編成桂冠的童歌，掀起你含羞的蓋頭。

一條灰黑的水蛇穿梭，雙眼放射火花，神秘的腰臀左右誘動，你指尖的石頭划過牠的舌吻，倏地，牠引伴水面群舞，幽靈受孕的愛，幾十個寒暑竄流我的體室。

昨夜，月光涉過牠滑行的蛇腹，紅色跑出一隻腳，藍色露出半隻腿，牠蠕動又靜止，祖露已蕩然無存的毒性。我應該忘記害怕，缺少光合作用的暗室，蟲草鏤著空白，就是畫添蛇足，無色透明的身軀，再也載不動死生覆滅。

彎曲的蛇河啊！晚風撩撥，杵聲的回音浪流，鄉關蜿蜒，愈靠近愈情怯。

春天的一張紙

我囤積一張弱不禁風的身子。

洛陽就在眼前，城東膨脹的桃李樹恣意的舞爪，春日寂寂無風，五
月的花季二月搶購一空，哄動的火勢已經延燒眉睫。

可是，城西輕薄，我裁剪不合時宜的章回，象形不翼而飛，春天無
法成書，流洪的紙卷悲惋，於是，我試圖用終末的一張衰廢，包裹
逝去的斷垣和殘壁。

那夜，蔡倫來了，灰頭土臉的世界，我又是片生紙。

沉默的古城

丘陵環繞一條銀色白帶魚，在你腳下閃著白花花的光圈。

瞇著半顆黑暗的老牡蠣，細數塔樓與塔樓紛爭的權慾，換了色號被劃花的貝珠撻伐石板路磨出的光滑。黑死病竄流的中世紀，他喪失的氣力低窪一座無人城瓦，直到轉世高塔流轉衰微時光，還原全盛時期的繁華。

街道輪廓非常宿醉，狂人反覆踩踏他，一把硬骨頭再不適合熬文明的精髓，說起瘟疫或戰火，終年盛夏的笙蕭更可懼。

他們讚嘆最美復活，可是，我知道一個祕密，他一直是死城。

造城

城市裡，造一個城。

建一面牆，石頭做八方經緯，砌一個城郭，護城河環繞，寬闊石床，水在城外，城在水中，城上城，再造一座烽火臺，遠方不可懈怠的瞭望。

白日，防禦的城池壯麗，城門壯美；日落，霾害煙鎖，河也孤獨；夜晚，螢火蟲提起小燈籠，直達未寐的胡同，你蜷曲著，英雄的悲傷沒有形式。

私奔

一座海灘裸色了，古銅色曬著太陽，你們唾棄古老搖籃曲，在文明的島國植種新品種月亮，把記憶根莖清除。

一座海灘私奔了，影子吞噬兩峰交會的啞口，鼠目寸光的天地，不知自己背影已經被挾持，卡楯中，粗糙喉嚨發不出聲，靜動裡，飛墨草不了最初文字。

滄桑臨摹土地，母語失去嗓子，你們裸色私奔，屍骸漸漸生鏽，變成一個啞巴。

沉雪

道陌上的色彩開始反反覆覆失真，漫天蒼茫瓜分了景深，他的身骨逐漸嶙峋為一匹瘦馬，剩一雙琥珀色眼睛。

蹄聲踏過昨日笙簫，雪意燃燒沉默的眉宇，識途的老馬啊！不要回頭，不許回頭，往前，城心將近，這場戰役就要結束。

遠方凝視城垜的輪廓，現在他確實像一匹舞馬了，他蹲踞昂首奮蹄，項頸的鬃毛長波蕩漾，突然，雪劍探出一枝蠟梅，瘦馬匍伏．．．。

琥珀是孤城的紙鎮，雪的重量，他知道。

故人

在故城，我們的花火繡進眼簾，小河彎過心田，山衣水袖的童年畫滿掌心。

我輕輕探問故人，廢墟裡的往事已經傾圮，城心再造，高樓塵煙四起，他，在水路的邊緣取直擺盪，是棲地新生的人。

不老田

秋風以同樣弓法拉弦踱步，她輕輕倒退走，夢，穿梭金色日光小林。

那一畝豐美笑納陣陣笙歌酒醉，憂灰的潮覆蓋黃色的浪，一波新愁一波舊傷，浪濤種滿外來房子，山河切割拼圖殘廢田園歌聲，誰謀殺了月光，細小如豆貧乏的想像，童年完整漂流。

狗吠叫串連進行曲，室內開燈，探頭。

像麻雀窸窸窣窣逃離，心跳被驅逐的奔跑呀，部落酒釀流罄，不因悲劇啼哭的小米穗，搖曳舞步打濕她赤足腳心。

她轉身，繼續倒退走，黑暗用最原始的複習聽鄉音。

小木船

倘佯柔軟如絲的水草間，水中的飛鳥和雲影躲貓貓，就把風信子種在小木船，剪斷奄奄一息的花朵，吹開澎湃的泡泡，五顏六色的夢。

終於因為擁擠，我掉落水裡，和舊昔的船身碰撞，變與不變間，夢大口大口吞下我，依著寒冷豢養我，只要夢活著，我必得建造更大的舟楫，容身千里之外的汪洋。

依然啊！我的母親，搖櫓藍色的湖泊，櫓槳的水聲染白小木船，時間靜默下來，她的夢裝著我。

練習曲——致消失的音樂城

他們說冬至之前，城門即將關閉。

朝聖吧！踏板鼓風進入風道的線音體，鋼琴裡小木槌敲起氣勢磅礴，遠遠傳來風靡藍調的弦，爵士的進擊聲引小牧童騎牛來這裡，音符靠在五線譜肩上，夢逐過練習曲，樂音在城墎裡煮沸成熱浪。

冬天醒過來清倉老字號，四百八十個月流動不止的沙塵，沙漏一說滿，躁動嘘聲安靜下來，十一月以後計謀著空城。

滿城駝色，雪已經灰白，城，一直一直沒有門，他正思忖如何關閉，練習告別。

舞鶴

不要你的眼睛讀我，我的眼睛有我，一隻鳥的自由，為六月南風。

羽毛，輕，遷徙，穿不透迷航。偶爾短暫出走棲地，豐滿羽翼，偶爾天空腳下盤旋，是怕忘記返家的路，路徑太長，黎明距離太遙遠。

沒有族群的飛行，我只是一隻紙鶴，單腳、低頭或迴旋，摺疊水田，倒影思念。

註：記金山那隻迷航的西伯利亞小白鶴。

兩座海洋

靈魂踩著輕量奢華，日光浴著一隻隻慵懶的海豹，亞得里亞海把自己曬成白色細沙，可以烹調，可以沐浴，他把自己做成巧克力塞進我的舌尖，甜甜的歡迎光臨。

一座海洋裸身呼喚，是藍色太平洋，他的黑潮流速快，我厭倦一生沉浸的鹹濕味，執意不再回去。

胃迸出的血絲撐開黑夜，亞得里亞海說：來吧，孩子。他亮出一塊白色小磚，他擅長海鹽巧克力，但是，我只渴望一片海洋的鹽花。

思念，織起海的紗裙，藍藍的太平洋催吐無憂的童年，止血過傷愁的少年，消炎這個盛氣的壯年⋯⋯。原來，你舀起驚濤駭浪，曬起的每一粒鹽，分分明明成就我一生。

父親

十月，我敲擊一囊月光，他從旗幟裡走出來，跑過去，跑過去，我奔跑過去。

草木皆兵的窄窄巷弄，他掏起一把劍，仰泳波瀾的藍海，白色的陽光淌著溫熱的血色，一個遠去不復返的世界，我走近憑弔，那不是劍，是他忠誠的胸骨。

今晚，我把整串月亮吃掉，他還沒出現，破舊的旗面垂死成枯瘦老人姿勢，沒有籬笆的重圍裡，什麼也看不見，只有思念奔過夜直驅黎明。

我以為過去了就回不來，但，他溺進露水像條游魚回來了，他的骨氣扶正那面陷落的旗子。

城牆

你突然離奇失蹤，詭異令人不安，我內心上演蕭瑟如冬的戲碼。

習於一種慣性，我們一生都在決鬥，站在千年的高度，拉長或變短，在你左方或右側。

太陽繼續燃燒我的髮和身體，你終於出現。你說：到我陰暗裡來吧！不朽的牆也終需一個小小影子。

我躲進短短的影子，自己的影子，追尋的高峰已經朦朧，感覺正午的世界涼爽多了。

小島

男孩，高高端起，晶亮、濕潤，圓鼓鼓的眼睛，嫩粉色的鰓似乎還呼息海藻氣味，乾淨緊緻的皮紋，簡直像一條活魚，他高高端起盤子，大大小小的島嶼，讓饕客選擇一種方式。

炭烤的襖熱紅燒整個夏日，日常在秋天以後清蒸分明的黑和白，冬季就喝飲冷霜海風吧！

遠遠的，端魚的男孩，高高端起一條狹長的小島，一生的島。

冷泡茶

母親教我汲四方的泉，水，有時嫩有時老。

我將茶席的眼淚燙紅，嫩水煎過綠茶，老水煮過漕洱，活生生的茶湯，浸泡過苦澀浮躁茶醉，茶色困頓茶盞的深淵。

母親催促我回到夕陽的地方，我們並坐，冷冷的夜凝透往事，水色流徙在樸質無華的粗胚裡，冰鎮的一葉秋，我們輕柔且回甘對飲。

金字塔

自母親子宮跌落，拜金者攀登滿路階石，權欲堆棧的三角頂端，掌聲多響亮，鳥鳴的回聲就雀躍，你的唇渦充滿星星，向最靠近的天堂致敬。

燕子飛走一吻，底端塌坍一堆沙石，春天無力攤提愈來愈遠的距離，天與地終將孤獨風化。

古老的紙莎草，一生只著迷一種姿勢，窮人，畫上法老像，在愛情的陋墓拓印放逐，讓自己活下去。

傘

傘，亮在初孕的母親頭頂，黑色小宇宙，新嫁娘不與天爭。

傘，在校門喚我，傘面大，傘下的母親很小。風一吹，她手上青筋和傘骨一般深，雨來，她騰挪空間，手臂周轉戀棧我，踉蹌和風敵作戰。

晴天的傘，躺在黑夜，母親窗子的背影寬厚。

「原來妳是大的，你騙我。」我使性子哭。

「只要你大，你長大就好。」她笑著逗我。

傘的漩渦，壓榨苦水汩出甘醇汁液給我，曝曬的日子不知不覺風乾母親名字讓我長大。

母親的傘過了小丘，她遺失很久的名字走在傘下，母親變小，她輕盈的骨骸笑，山嵐哭，撐傘的我也哭。

聽那壁虎在唱歌

有一種傳說，過了大安溪南北的涇渭，你的歌聲會出現。

鐵支路的屋頂不洩漏秘密，陽光擅於黑箱作業，鄰群從不青睞，陰影冷諷半個世紀。我們是鷺光之鳥，顛倒被囚禁的星辰，你用腳底的吸盤爬牆，我沒有皮瓣，學習用背脊站壁，斷尾尋求獵物，謊言杜撰另一種生存，鄙視的身軀允許廉價活著，無歌。

一條街要廢一面牆，暗瘡鋪上粉白濃妝，無畏歲月擴散成壁癌，你依然來回攀爬，豔抹的紅燈進入暗處，我若一支老煙槍，等候最後一列火車彈落最終一截菸灰。

「蘇蘇蘇——蘇蘇蘇——」

誰說北方的壁虎不唱歌？你鼓起腹腔，短小而醜陋氣喘，我們對望，聽，這是生之歌。

輯五　花外

彼岸花

秋分以後，我關進圓，白色曼陀羅靜坐荒野，練習死亡對話。

夜呻吟的比日長，月光預告蒼白和衰老，血紅的花毯擁擠綠光塵埃，柔軟的河川把愛霧化，一隻蜉蝣回到土裡，回眸朝生與暮死。

彼岸的一方是此岸，此岸的彼岸，是否是你岸？層疊的落葉遙望風塵裡的盛花，遠方想要廝守一朵彼此的圖騰，彼岸秋最冷，遠方太遙遠。

我涉過岸，涉過曼殊沙華，坐在曼陀羅之間，我們旋轉……我們無懼……。

梅樹

年長的比丘尼冷冽多濕的窗戶開滿繁花，年輕的比丘尼樹下橫掃冷風。

紛飛的花落耽美，很快地，梅雨腳步聲聲催促清明，望著青澀綠果的年輕比丘尼，口裡湧出甘泉。

年輕的比丘尼笑了，她的長竿鏗鏗敲打果實，年長的比丘尼一瞥餘光，笑聲與梅子與綠葉一起墜落地面。大缽淨身以後，年輕的比丘尼，攤開春風的手吹拂，她從市集托缽回來的山路，風口還開開闔闔，年長的比丘尼殺青醃漬完梅果，把黃昏和剩餘小果子給她。

每年肉身的祭典，層層疊疊陌生的肩膀，果子覆蓋糖，糖覆蓋果子，年輕的比丘尼嗆酒，密封一罐不能淺嚐的歡笑與憂傷，六五四三二一，時間彷彿靜止在這兒，她倒數牆角的小陶甕。

這時風靜了，她打一個小呵欠，昨晚青蛙的確聒噪一整夜。

給愛麗絲

我的眼袋下垂，為了捕捉夢的鮮度，我讓它占據六角窗的老地方，總覺得詭異，這瓶身一定隱藏我所不知的秘密，落英總是無語喟息像款款落下的愛情。

妻不在的日子，神采奕奕的優雅擾亂我，捕獵的花材盡是虛無，我得再去採擷一些花，好讓夢填滿空瓶。才一起身，阿拉丁神燈的瓶口竄出紫色花仙子，愛麗絲吞雲吐霧的分裂，沿窗數大攀延，眼睜睜的就要越出牆……。

停！貝多芬狠狠擊我一拳，我嚇出一身冷汗，抱著黑麥膚色和捲曲長髮狂奔，還好來得及把路邊野花傾倒，劃下吉普賽的終曲，夢遊的妻應該很快就回家了。

花，非花

親愛的，你口渴了，我無法餵你水喝，你已經凝成膠，一顆果凍。

乾燥的冬季甩去長尾巴，春天獨秀繽紛，我輕灑一把寒天，裝飾你成一枝洋甜點，就像櫥窗裡不能出遊的洋娃娃。夢，乖乖凝固，怕你大口吞嚥，我劃開結凍，刀痕沁出色素，這不是我要的形，你應該敞開禁錮。

親愛的，不同的錯誤加密，我們背對著憂愁與憤怒。最後，我走進凍裡，變成紅色的花，你從花凍裡走出來，變成藍色的我，我們形體交換一種渴望。

長度

決定一場漂流，你躍往河的懷抱，彎進一條河道，又出去一條河道，前茫茫後茫茫的轉逆，滾成一團矛盾。

你叩問水道的長度，河神緩緩飄動的彩帶說中你心裡早就有的一把尺。我只是葉子沒有枝莖來度量……，話飄一半，脈紋勾在喉頭。

你用力合掌開掌，開掌再合掌，葉脈抽離身子，尺規撲通一聲，葉肉脫軀了，就這樣，你的輕舟向今生度，千山萬水之外的尺幅。

多少

繁花盛滿詩情，花塢裡，詩只有一句，落花化泥抗議：你不是大詩人。樹冠招風，詩短短幾字，枯枝憤怒自刎：你不是詩人。

詩人哪！你到底要多少才夠寫一首詩？詩，乘一片落葉，離開花城。

流派

上午，流派的意圖持著銳利匕首殺戮一株藤木，不將就依山傍水自然生成的構造，她剪去姿態，雕琢插作需要的角度，葉離開枝，原生面目非了性情飛了。

夜晚，她看見月光把房間的床剪影成一株樹，她的孩子是沒有手沒有腳的樹，猙獰的臉在血泊裡哀嚎，她親吻截肢的傷口，舔乾血潮，背著撕心裂膽的月光走過千里，很久很久，她撫摸孩子身體，一小片新葉，堅硬如刺，她顫慄驚醒。

黎明前，她許孩子一條河，淌成自由的流派。

春水

抖擻一身寒意，春天日常的披著涼衣，野花在深山溪谷邊孤芳，妳接引山水，川流空間的光色，一朵花暫歇屋室。

插作一樽茶花，八角金盤托出綠手掌，紫色蓓蕾探出太陽臉譜，小品脈搏敲動茶室的晨鼓暮鐘，等候下午的一期一會。

午後，日光斜斜躺在窗子，春天無聲捲起小蝴蝶，花瓣已經落離，妳驚詫一朵盛開與殞落的無常，茶席間，杯口的餘溫如常。

花間

我迷失強大，花間編織八卦的網，惡臭的謗言足以分解良善軟骨。

姹紫掠奪嫣紅的目光誰也不讓誰，華貴賽過雍容，花枝過境招展著蜂蝶，色彩擠壓視覺勝出藝術，最後，膨脹的雲朵終於失去懸浮，無聲墜落癱泥。

花間懸掛爭辯不休的擁擠啊！我可以留白嗎？我縮小自己，空間延伸一條小路，我再縮小一點，正好可以容納一隻蝸牛緩緩爬過來。

過客和歸人

我來時，你已離去，遍地不毛的境地。

山谷執著縹緲，習慣在某個時節，緘默的子房孕育飄零的雪花，等春雷憤怒裂一道光灑一把驟雨，白色睫毛輕輕彎開夾角，獨奏的號角停頓十點鐘的方向，頃一面懸崖，不與春天爭辯。

年復一年開成野地，一對迷路的戀人驚呼。

「是原生的鐵砲百合！」「哇，鼓吹花。」

一千顆種子，纏綿一朵朵壯觀的歸人。

溺斃的水際

水和花交會的江湖，倒映花和水的湖江，水際之下，浮流激動的熱可可，水際之上，花枝出生自然，水際上下形同陌路。

湖水滾沸火焰的波瀾，他討厭花枝狂傲，關於陰暗光明的疑惑和貴賤尊卑的水色，於是，水平線緩緩高漲，將要溺斃的水際上那朵花灰白，他有話要說。

花朵呵出一口大氣，枝椏彎躬，獻上花：「請多多指教！」

黑可可慢慢退燒，留一個寬廣份際，平靜極了，鳥歌掠過水波，水上一瞥的驚鴻舞。

最後的那片葉子

一朵夏天飄來，一口魚喘出了氣，花穗熱戀一江的溽暑。

他開花臆測惡兆的荒年，直挺的骨氣不犯脊椎側彎的文明，下坡的桀語把憂鬱的五月綁成三角形詩句，葉貼著詩，詩貼著心，他的眼神又像泡過水般草綠。

「請愛惜生命啊！」我拉著他的角，他問我住江邊嗎？實在管很大。

他跳入滾沸的水深，檢視生存的驚嘆，火熱的夏沿襲青綠的志節，我終於明白，熬煮兩千年的魂魄，入口是我們的江河。

乾燥花

她把自己脫水，榨乾，他們說她失去靈魂。
他觀察，想寫枯萎。她卻倒立，比任何花朵都持久。
他問：妳為什麼復活？她說：你為什麼而寫呢？
為自己，為孤寂的靈魂，為剩餘的生命而寫。
這，就是了。乾癟的聲音悠悠遠遠。

蕨之道

我亮出最後底牌，談判的籌碼過時，漫天箭矢不偏不倚推進古道，
一不留神就會跌進蓬勃全盛的侏儸紀時代。

古老家族的樹蕨，樹頭頂端高低參差著綠全捲，小小旋彎狀的美麗
問號，鉤住我的小耳朵私語，它曾是世界的主角，如我叱吒的時代
結束，世代的更迭咫尺淪落的天涯，千古的疑問戚戚相望。

棧道盡頭，小小大大的全捲拋出更多問號，屈小或伸大，有些已經舒
展成蕨葉威武繁茂的筆筒樹，穿梭距離與層次，我咀嚼擱淺的曲直。

我如常準時回家，她剛燙熟一盤捲曲的魷魚和蕨菜的晚飯，蕨菜青
綠的問號如意屈伸。

「我，失業了。」我的腰桿顫顫擺牌。

「我當然知道。」她伸手接過我的泥鞋，平靜極了。

花犯

假借一雙眼睛，夏花從飛鳥集竄出火焰。

花容妄誕的清晨，她提著母親的胎盤一飲而盡，肉毒封住多瑙河動態的流域，填補時間遺留的縫隙，隆起丘波的峰面，光輝的朝拜引咎一座真理失控的火山，逆齡的毒癮作犯，臉譜紋寫殷紅的血淚史。

如是，為成為永駐的夏花，她空白一頁秋，瓣片注入青春永駐的水銀，苦苦刑囚著永生，煙花江浪，結束一個燦爛夏日，再開始另一個夏日。

流光

她鮮豔的舞衣掂起紅紅火火唇印，離別愁緒漫開。

大樹悠悠地站在這裡不斷送行，想著流光後的他們會是什麼光景？你不妨尋著，容許點亮記憶的星辰。石榴花用盡氣力榨出餘生血汁，盛夏的花樣年華。

走樣的流亡少年，捲起滄海百年摺痕，一個名不經傳的靜僻小鎮，他們以不同生命形式相遇。牆面鑲崁的老繡片拈花，同心圓狀環輪的老桌椅微笑，古老的夜依然開滿石榴，笑納一對老骨董。

註：石榴，花萼呈鐘形，象徵子孫滿堂，古人用石榴作為染劑。

獨白

一朵蓮，跳脫夏日出淤泥不染的偈語，染白春日樹梢。

雪的糖霜緊密展開，種下蓮座拈笑佛陀，肉身近了，煙花似雨蒸餾幽香，喧囂的春雨煎煮皮囊成湯藥，開與落間舔癒人間炎傷。

終其一生不過孤獨的自白呀！即將南飛的雁鳥立著秋張望。深更的枯枝踩進經文的餘音，孤寒，一點也不。

註：木蓮花，學名辛夷花，盛放時型似蓮花座，可供佛、做香料、藥用等。

覺醒

昂揚紅色的高冠司晨，你是馴化的物種，浮誇曾經引領的風騷。
霜降寒意，眾花都凋零了，你終於坦承碩大的花冠其實是莖的變形，那卑小的花，深藏裡面。
不持妄語，你鍍亮的真言真語，便決定一生成為真正的花。

註：雞冠花，花朵形似雞冠，夏秋季開花，有「花中之禽」的稱譽。

雨後的黃鸝鳥蕉

愈剪愈茂盛，仰首伸頸的鳥兒鋪天蓋地的黃，七嘴八舌聲勢浩大狂野了小天堂。

一場雨後，了不得的春天，黃鸝鳥成群來，巨大恐懼凍結小草生長，和平使侵略者空虛，暴力才是它狂喜的新帝國。

葉脈叢拉起銀線，它哼不出歌了，一隻蝸牛很慢很慢的攀著葉端，把渴望塞進嘴巴，天堂和地獄不成章法，他隨著落雨掘起一顆顆球根，再無法隱忍猖獗的法則。

註：黃鸝鳥蕉，花如小鳥鳥嘴，又稱小天堂鳥，植株叢生狀，土壤若濕潤，生長旺盛，侵略性的占據地盤。

愛情花

幽谷之地，叢生百子的伊人啊，晴耕遍野紫藍花浪的點點星宿。

天雷地火迸裂，他剪刈璀燦，把她豎立水盤，遠樹近水山巒和瀑布，玄關所鋪陳的大地，靜寂空間的深度。

終究是粗茶淡飯的陽光，流滯的水困頓，劊子手高舉無情剪影，愛情呀，切不斷的根苗，是她一生的糧。

一隻新寵的黑貓正踩踏玄關的落瓣，恰似溫柔的哀悼，花開花謝，莖梗就這麼折翼水面。

註：愛情花，又稱百子蓮，花開如紫藍煙火，花謝時一地絢爛。

輯六　寓語

我殺了一隻長頸鹿

我殺了一隻長頸鹿，誰叫牠笑謔我膽小，牠忘了六米高的身長曾蜷曲在我的心臟取暖。我殺了一隻長頸鹿，牠馱著色盲的顏料嘲諷無光夜裡失明的我。我殺了一隻長頸鹿，牠反芻的胃裡無法容下草原裡自由的鼾聲。

我殺了一隻長頸鹿，用悲傷的眼睛。不，是牠自己，在我瞳孔裡。

蛇信

我們口中吞吐一個信號，婆娑秋風與樹葉的嘴唇，荒山就嘶嘶作響。

那些年，罪惡的暗弄像囚籠的軟體綿長，弄蛇人劃過腹間的膽，多少刀光淚影搗綠夜光酒杯，如此歡好啊，我一口喝下你被虐的隱痛。

為了赦免自己，我的體內放養一條長長的繩索，冰冷如玉溫馴如海蛇的蠕動，我的舌端自動分叉，采集冬眠並且繼續活下來。

西風再次吹起，枯藤瘦了信息，葉子彈出火，火舌盡情跳一支舞，總是這個時候，趨附老樹斑花的繩子蛻皮，方圓五里內垂危一種氣味。

喚獸

傍晚，坐在城市花園，不知名的鳥飛來，攫走我一隻眼。我緊握那根遺落花間的白色毛髮，往森林出走。在植被的草坡，遇見十八歲時豢養的獨角獸，我的眼球就鑲在他的犄角，我把白色毛髮插在他眉睫，他深藍的眼晶亮如昔，他問我這些年來傾聽自己的眼睛嗎？長日塵沙不息，黑夜不斷抽搐矇蔽雙眼，況且，我又長出了另一隻角，不再獨特。

我喚獸，楚河漢界，回不去了，給我原來的樣貌。憂傷的獸，用銳利的螺旋角穿破自己，挖出我的眼，血玷污眉睫，遁入夜幕。

從此，我懼光，視力逐漸衰退，黑影幢幢的森林，幻獸。

詩凍

你的詩，甜美嗎？

我的詩是個孽子，兩山狹窄的谷地夢遊，坍陷在浮冰的南極海域，有時不甘墮落，紛飛成散文或小說，凌亂世界。是的，你該懲罰他。

急速冷凍，零下三十五度的抗凍蛋白，凍結鮮度及口感，不痛，就是一場冬眠。詩，掙扎瞬間，裹著冰衣，獨自運轉。

每日，我打開冰箱，閱讀他的體態，推敲他游移的鰭以及冰晶刺穿的細胞，黑暗產道之子，背負太多塑形，我不配成為詩的母親。

凍，整個冬季，筆，開始歌唱。詩，從冰層裡復活，他知道，自己想成為什麼樣的光景。

小孩和春天

小孩弓著裸色的身子，和春天翻觔斗，滾成抹茶的冰淇淋。春天把小孩盪到樹冠，飛得和雲高，好抓住棉花糖的尾巴，讓慕甜的蝴蝶和蜜蜂都趕來。陽光鑽進泥土，泥土竄出汗水，汗結出笑聲，笑開出花，風搖滾，小孩和春天擁抱成一個蛹，長出翅膀的彩虹。

大人拉著小孩進門，把春天關在牆外。課本裡雕刻栩栩如生的春光，膽小的鳥飛在最新潮的印花，人造草皮發明解渴丸，砂岩的假山虛擬流水，不可應答。

那一個曾經住在大人心裡的小小孩，流出死胎。

弦外

經典向靡靡之音卻步，我們對號。

管風琴滾滾而來海浪，法國號輕快極短篇夜曲，月光顯然是愛情的篇章，隱約奏鳴一顆酸甜檸檬，讓旭日披彩焚身。

管弦樂高潮第二樂章以後，凌亂的練習曲沿著日常弦距穿出來，單簧管憂傷出列，木管齊唱，長笛同悲應和，小提琴悠悠一瀉，二胡千里哭墳，音符拉成咒語，弦音斷線。

法式浪漫不耐法國麵包堅硬，結婚進行曲用高鳴號角退讓喜劇，黑膠唱片溫暖的聲音逐漸失真，弦樂染上重金屬搖滾的癮，換個苟且吧，弓起弓落間，請隨意入座。

風起

是地的盡頭還是海的開端？豔陽鼓漲的觸角燙傷一顆顆珍珠，圈禁的文字等著釐清價值，只是那一團哭聲，沸揚的像一個新喪。

地和海互打一巴掌，展開輕重和多多少少的舌戰，長眠的經典奉還吧！他們寧可為廢文按讚，也要把彼此的文廢除。

孤芳的耄儒老人被打醒，他磨蹭分寸之間，手持刀刃捅破層層封鎖，切開海的新視野，引渡地的精髓，他豎起幽默，給他們一個全新的骨架。

風起時，地牽起海的手，相互纏繞的風箏，一直一直逆風，飛多高有多高的一抹鮮艷。

他們在森林許願

經過一條無名的道路，螢河的信息被盜竊，林間的灰樹鵲囚禁畫籠，枯焦的針葉樹沒有年輪，童話被俘虜，孩子的背影模糊不清。

今天，首頁設定一片森林。

他們許願，花兒和樹枝彼此相愛，森林長出失去的羽毛，歌聲喧騰一座動物園，一切重溫自然，一切使你歡愉，然後懸掛一枚新月，送給親愛的兒童。

狂蜂

他們都飛走了，翻牆繞過空巢並且一一消失，我有翅膀應該離開，
我卻改變主意，停在這兒。

努力形塑的天地，無法繁殖的寂寞，一個和我一樣孤獨的人，他落
單群體，眼裡只有微草小花，任我停歇肩上一點也不畏懼。

我親吻他，春光乍現的荼毒，螫針刺進皮肉，用一生來說愛。

漂流木

被支解的生命流竄，像游魚探索潮汐。

黃昏打翻了調色盤，烘焙一艘浮浮沉沉的小船，月光擱淺的河床，
玉兔趕集來搗藥，淺灘上發芽的情人以我的杵杖寫愛，夾進消波塊
枯蝕的臂膀是海鳥的邊驛，遠處或者近處，我可以什麼都是。

但是，拾荒者拾掇漂流，細細雕刻鱗紋和鰭彩，多麼栩栩如生啊！
他說我是一條魚。

現在，我感到悲傷，我什麼都不是了。

死了一隻長頸鹿之後

奔逃的長頸鹿，哀矜的脖子，掛著止痛劑，奔逃的長頸鹿，高度規範的抽屜，反覆思辯現實與幻想的拉鋸。

昨天，死了一隻長頸鹿。

死了一隻長頸鹿之後，頂天立地迷思破滅了，敵我矛盾糾葛歧異了，死了一隻長頸鹿之後，物種火焰悖離了生命本質，你解剖麒麟華麗的命脈，測量巨變裡隱藏的孱弱靈魂到底有多重？

那隻死了的長頸鹿，掉在非洲大草原，牠醒了，跨越新次元的覺醒。

捕鼠器

我們雙眼對峙著，在捕鼠器裡外。

昨夜你還自大狂妄的踩在我的頭頂開派對，偷竊我的麵包、咬嚙我的床角，現在，在這兒，你瞪大眼睛望著我，淺淺的笑窩，像嬰兒般的純真，沒有一絲驚惶、害怕或痛苦。

你給我險惡的戰場，卻偽裝一所慈悲的、沒有殺戮的溫床。走吧！走出捕鼠器。

你躡手躡腳撞上牆壁。啊！一隻瞎老鼠。

掌櫃的人

執掌櫃子開開合合的人，在雕刻的紅檜櫃子裡擠進歲月，緊閉的山水隨著銅鎖泛黃斜陽。

「你一直塞，給的都不是我想要的。」櫃子鼓著疼。

「你是二十年來的回憶啊！你見證過愛情的盟約，收納亮麗的笑聲以及我的哀傷。」掌櫃的說。

櫃子大聲問：「如果放空呢？」他們背對著背，他噓聲，無法想像的假設。

夜色如墨，掌櫃的清空櫃子，他逕自躺著似一個堅固的棺槨，當星光抖擻起來，紅檜走向原生森林，掌櫃的也走進幽暗的谷地，遇見深處的自己。

獨目人

高牆把天空隱蔽，他蹲在一個小孔前，半隻眼睛開滿火焰，為了印證那是花，他焚燒窮困的血色，開一朵玫瑰。

他窺探圍柵上脫落的螺絲釘洞，一隻眼睛闖進綠色隧道，為了佐證那是樹，他啃噬嫩葉，變形一隻毛毛蟲。

不曾懷疑實實虛虛的縫隙，假象的屋子框架山巔水湄的款式，以致格局失焦，山窮水也盡。

翻越山海的經緯，多年以後，他的眼瞼和黃昏擦槍走火，緩緩流出一滴淚，當他再次探看，瞳孔裡，那是曾經遺落的眼睛。

齋日

今天，我們吃素。趕走飛禽走獸，紅酒關進雙溫控櫃子，五辛植物暫且埋進土裡，再把貧血的生果一一叫醒。

佛被俘虜，聖號迴向水產，虛矯的大豆仿製肉身，一個模印就是眾生，我們所圈養的藍海早記不起魚的樣貌，以致呼吸的鰓和天水一色的扇狀肚鱗無從仿造，不會游泳的魚出沒齋日的唇齒間。

口腹的貪戀更改生命軌跡，海洋回溯兩億年前的古老，魚種滅絕，我們的憂傷一面繁衍，一面假相幻化，執著的仿造贗品。

複製

鬆餅機露出微笑臉譜，問她今天早餐想要吃什麼？黃色太陽沉入白浪濤濤，她和進烤模，埋怨機器烙印的舌間，怎會跳舞。

鬆餅機發怒的爆發，火山泥流噴了一條生產線，她擦拭、清理、插電、灌模、出模，咒罵一成不變的工序，溺斃生活。

她激動，因此她那個用模具複製的小孩，突然掙扎哭鬧，她摀住口袋，不讓出聲。

啄木鳥

很廢的清晨，春天乘著童話的機車，車頂糖霜像飄過的雲，雲朵很有味道，道路邊河流捕捉微風練肖話，話說迷路時遇見聖誕老公公，牛雪花，隨風飄。

風吹動沙，沙歇落大樹。靠，近一點，真的假的？這樣非等關係，怎麼可以ㄍㄥ住鼾息假裝沉思？沙，漏了光，春天真的很雷，樹幹劈個巨響：

幹
得
好
得
幹

無腦的樹，聲音曖昧的很有戲。

啄木鳥被打醒，向浮誇無狀的奧步翻白眼，這麼深的語言，有病嗎？他開始擊鼓，啄食中空裡幾隻黑與白是與非相間的文字蟲。

清除廢言和幹話，掏淨耳朵，啄木鳥靜靜聽沙漏翻轉，好冥想螢火蟲全新的舞蹈。

造墳者

立碑時，造墳者站在墳前，望著墳碑上秀美的名字和履歷，久久不離。

第一日，碑石裡發出聲響：有腳步聲。造墳者回答：你是說小偷？

第二日，碑石裡驚呼：相信我，有小偷。造墳者回答：你是說盜墓？

第三日，碑石裡哀嘆：盜墓者昨晚來過了。造墳者回答：你是說他偷走東西？

第四日，碑石沒有聲音。造墳者叩碑，他氣若游絲：夢，不見了。

造墳者封住豎石，無情壁壘隔絕神秘節拍，他背著流亡的夢，周而復始，再造一個墳。

哭靈

飛鳥和獸群說分散就分散，喧鬧的繁花，清明的角距剩餘幾行淚痕。

這是個藏污納垢的好戲法，精緻的五官縮水，輕透極了，蒼白的血
彎曲儀態，皮相分分合合的痛一直延續，我成為過去了，他們嚎啕
哭靈。

多想挺起春天，雷擊這顆衰竭心靈，望著自己遺像，我忍不住啜泣
起來。

餃子

在熱水滾沸之際，我必須成為一顆餃子。

切碎的身體，加鹽去苦水，攪拌蔥薑，混淆鹹鹹淚水調味，縮小做一個泥餡。

我調成各種餡料，他包裹我的形樣，他捏成傾聽的耳朵，他塑我船形承載生活，他合我月牙我便是一抹鄉愁。

味道淡了，還可以加點魚肉或者香菜，他縫合嘴唇。

脫離水深的誓約，我們躺在火熱的鍋底推移，焦黃另類風味的生命儀式，然而他鋒利的厚皮我一直沒有說。

【後記】化繁為簡的生命形式

簡玲

這幾年，把自己化繁為簡，如同我的姓氏。

提筆寫這篇後記時，正在前往拉達克路上，前方是壯麗雪峰，一邊山壁盤桓一邊是垂直懸崖，在世界最崎嶇山路上我的肺腑被一一震痛，高原之上稀薄的空氣，喘息暈眩，窗外，天和地是一樣了。

非得走這趟行旅嗎？

是的。

我如此回答，即使初時的忐忑。

拈一朵小花，順著淡藍印度河，貧荒山脊中，聽聞唐僧曾經的足跡，一再與諸佛相遇，如此動人心弦的微笑，靜坐，找一個適宜位置。

記起小時候，親愛的友伴們問我最想做什麼？

「我想要養一隻長頸鹿！」

那個午後，陽光白花花的，我們笑得前仆後仰。

十一歲那年我們永別了，我開始在心口豢養一隻長頸鹿，一隻膽小、色盲的長頸鹿，牠不斷加長脖子，盼望一種高度，甚至想要出離草原。我自以為了解，卻如此薄弱的信仰。

有些路不可能回頭，如童年，一些愛與傷痛。

那可不，我們總從童年裡一路跌跌撞撞，清楚這個世界的。

很長的時間我在繁複的日常活著，教學與行政，孩子和家庭間，我跟每個你一樣營生，我跟每個母親一樣忙碌而憂心，日子一成不變。而現在，我簡單的像個孩子，可以慢慢，可以奔跑，可以自由，因為詩的信仰，可以忍受黃沙漠漠的荒涼。

這本詩集，收錄我二〇一五年到二〇一九年作品，二〇一四年末在吹鼓吹詩論壇接觸散文詩，作品第一次置頂時，似十三歲那年在校刊獲得第一筆稿費的雀躍，久久無法平息。剛寫散文詩時總是天馬行空，後來，我漸漸地喜歡用喻。詩中題材都來自生活中的靈感，如：旅程（吃秋蟹）、奔馬（聽音樂發想）、春天的一張紙（衛生紙漲價）、砍伐（軍公教年金改革）等等。本詩集中的輯一〈短歌〉，我用極簡約的文字，幾乎不超過一百字的篇幅，企圖直達中心意涵。輯二〈問津〉，是在路與路，河與河間，旅程裡的詰問與沉澱。輯三〈人間〉，書寫游走生活中的種種議題。輯四〈城音〉，是關於城鎮與土地轉身的探問。輯五〈花外〉，則是以日常所習的花道，以花的種種表象或生態，做感官以外深層反思。輯六〈寓語〉，也是生命現象的觀察與試驗。

關於這本詩集的出版，特別感謝蘇紹連老師的提攜，謝謝黃里老師撰寫序文，也謝謝親愛的若爾．諾爾，詩路上的鼓勵。

於是，我用一百二十首詩，來理解化繁為簡的生命形式。你可以在月光下，在一杯茶湯中，一首樂曲，一朵花裡，在孤獨或喧囂時，與一隻長頸鹿共舞。

二〇一九．立秋

語言文學類　PG2326　吹鼓吹詩人叢書42

我殺了一隻長頸鹿

作　　者 / 簡　玲
主　　編 / 蘇紹連
責任編輯 / 石書豪
圖文排版 / 林宛榆
封面設計 / 蔡瑋筠

發 行 人 / 宋政坤
法律顧問 / 毛國樑　律師
出版發行 / 秀威資訊科技股份有限公司
114台北市內湖區瑞光路76巷65號1樓
電話：+886-2-2796-3638　傳真：+886-2-2796-1377
http://www.showwe.com.tw
劃撥帳號 / 19563868　戶名：秀威資訊科技股份有限公司
讀者服務信箱：service@showwe.com.tw
展售門市 / 國家書店（松江門市）
104台北市中山區松江路209號1樓
電話：+886-2-2518-0207　傳真：+886-2-2518-0778
網路訂購 / 秀威網路書店：https://store.showwe.tw
國家網路書店：https://www.govbooks.com.tw

2019年12月　BOD一版
定價：240元

國家圖書館出版品預行編目

我殺了一隻長頸鹿 / 簡玲著. -- 一版. -- 臺北
市 : 秀威資訊科技, 2019.12
面 ;　公分. -- (語言文學類 ; PG2326)
(吹鼓吹詩人叢書 ; 42)
BOD版
ISBN 978-986-326-765-2(平裝)

863.51　　108019710

讀者回函卡

感謝您購買本書，為提升服務品質，請填妥以下資料，將讀者回函卡直接寄回或傳真本公司，收到您的寶貴意見後，我們會收藏記錄及檢討，謝謝！

如您需要了解本公司最新出版書目、購書優惠或企劃活動，歡迎您上網查詢或下載相關資料：http:// www.showwe.com.tw

您購買的書名：________________________________

出生日期：________年________月________日

學歷：□高中（含）以下　□大專　□研究所（含）以上

職業：□製造業　□金融業　□資訊業　□軍警　□傳播業　□自由業

□服務業　□公務員　□教職　□學生　□家管　□其它____

購書地點：□網路書店　□實體書店　□書展　□郵購　□贈閱　□其他

您從何得知本書的消息？

□網路書店　□實體書店　□網路搜尋　□電子報　□書訊　□雜誌

□傳播媒體　□親友推薦　□網站推薦　□部落格　□其他________

您對本書的評價：（請填代號　1.非常滿意　2.滿意　3.尚可　4.再改進）

封面設計____　版面編排____　內容____　文／譯筆____　價格____

讀完書後您覺得：

□很有收穫　□有收穫　□收穫不多　□沒收穫

對我們的建議：________________________________

____

____

____

請貼
郵票

11466
台北市內湖區瑞光路 76 巷 65 號 1 樓
秀威資訊科技股份有限公司 收
BOD 數位出版事業部

（請沿線對折寄回，謝謝！）

姓　名：＿＿＿＿＿＿＿＿　年齡：＿＿＿＿　性別：□女　□男

郵遞區號：□□□□□

地　址：＿＿＿＿＿＿＿＿＿＿＿＿＿＿＿＿＿＿

聯絡電話：(日)＿＿＿＿＿＿＿＿＿＿(夜)＿＿＿＿＿＿＿＿＿＿

E-mail：＿＿＿＿＿＿＿＿＿＿＿＿＿＿＿＿＿＿